Muminfamiljen på Rivieran (Moomins on the Riviera)

무민 도서관

리비에라에 간 무민 가족

초판 1쇄 발행일_2015년 12월 25일 | 초판 2쇄 발행일_2018년 1월 2일

원작·원화_토베 얀손 | 엮음_한나 헤밀레 | 옮김_이유진

펴낸이_박진숙 | 펴낸곳_작가정신 | 출판등록_1987년 11월 14일(제1-537호)

책임편집_윤소라 | 디자인_노민지 | 마케팅_김미숙 | 디지털 콘텐츠_김영란 | 관리_윤서현

주소_(10881) 경기도 파주시 문발로 207 2층 | 전화_(031)955-6230 | 팩스_(031)944-2858 | 이메일_kids@jakka.co.kr | 홈페이지_www.jakka.co.kr

ISBN 978-89-7288-641-9 04890

ISBN 978-89-7288-640-2 (세트)

이 도서의 국립중앙도서관 출판시도서목록(CIP)은 서지정보유통지원시스템 홈페이지(http://seoji.nl.go.kr)와

국가자료공동목록시스템(http://www.nl.go.kr/kolisnet)에서 이용하실 수 있습니다.

(CIP제어번호 : CIP2015032039)

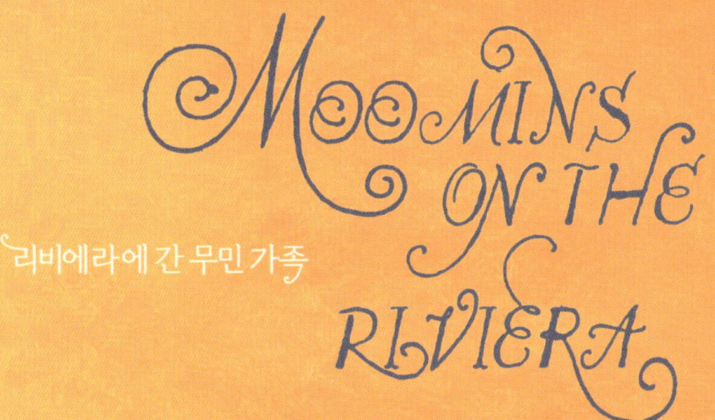

MOOMINS ON THE RIVIERA

리비에라에 간 무민 가족

토베 얀손 원작 · 이유진 옮김

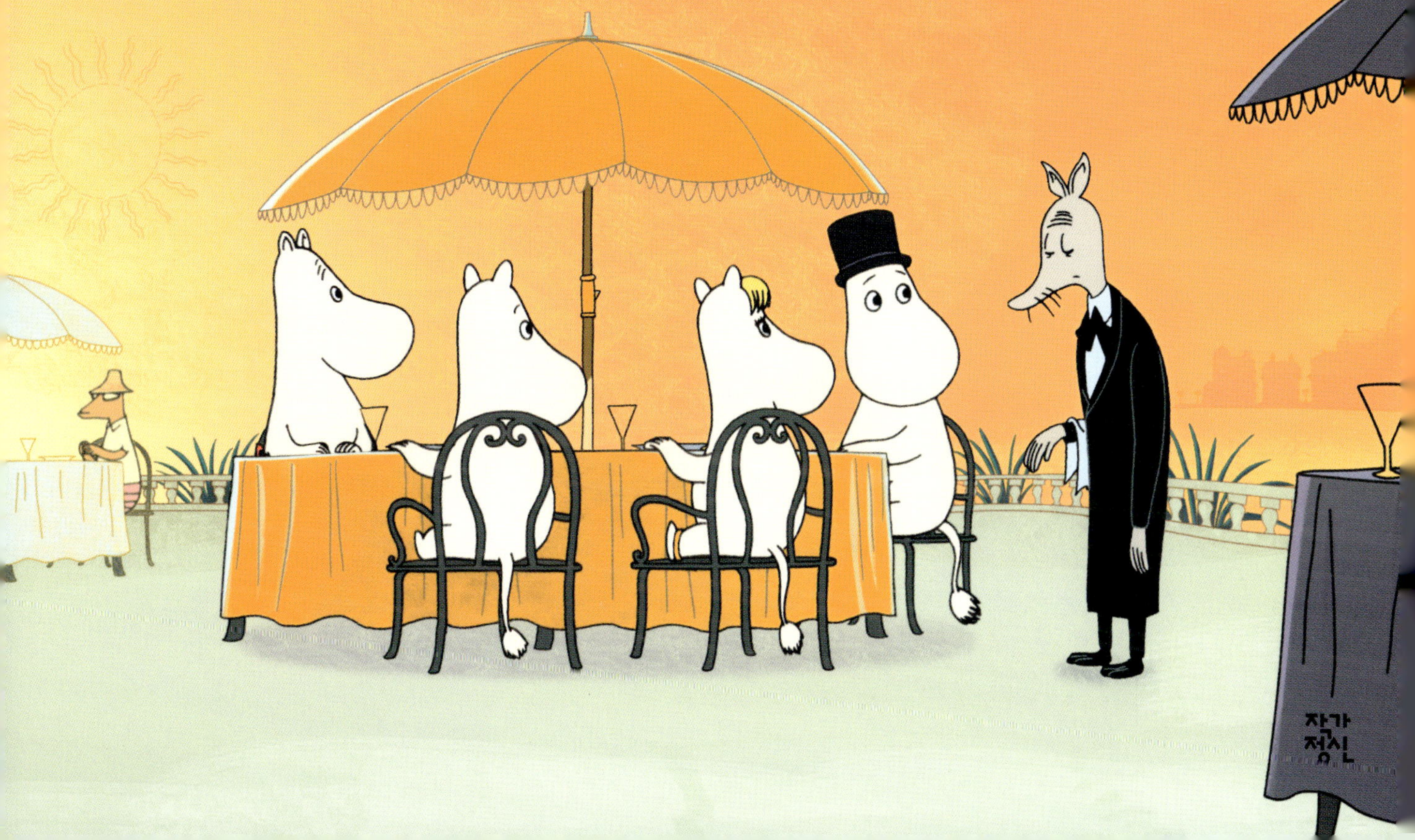

작가정신

무민 가족의 집 정원은 평온하고 아늑한 저녁을 맞았습니다. 스노크메이든은 리비에라에서 휴가를 보내는 유명한 영화배우 오드리 글라무르 이야기가 실린 잡지를 보았습니다. 스노크메이든도 리비에라에서 영화배우들을 만나며 호화롭게 산다면 정말 멋질 것이라고 생각했습니다! 스노크메이든은 큰 소리로 기사를 읽으며 상상에 빠져들었습니다.

"영화배우들과 사교계 명사들과 귀족들이 햇빛 찬란한 테라스에 핀 장미꽃들 사이에서 샴페인을 마시는 프랑스 남쪽……."

무민파파도 상상에 빠져들었습니다. 무민파파는 그곳으로 가서 귀족들과 명사들과 연회를 벌이고 카지노에서 카드놀이를 해야겠다고 생각했습니다!

무민 가족은 새로운 모험을 앞두고 있습니다! 모험은 무민 가족을 바다로 이끌어, 샴페인과 귀족들이 넘쳐 나는 머나먼 바닷가인 리비에라를 향해 배를 몰게 했습니다.

스너프킨은 모험을 따라갈 생각이 없었습니다. 그보다는 집에서 낚싯대를 손보기로 했습니다. 그런데 무민 가족이 바다 저 멀리로 나가자, 무민마마는 박박 긁는 것 같은 이상한 소리를 들었습니다. 미이가 여행 가방 들 사이에 숨어 있었던 것입니다.

"무슨 일이 있어도 이번 모험은 절대 놓치지 않을 거예요!"

미이는 단호하게 말했습니다.

힘들었던 긴 항해를 마치고, 무민 가족은 드디어 리비에라에 도착했습니다. 스노크메이든은 기뻐서 어쩔 줄 몰랐습니다! 이곳에는 긴 모래사장, 눈부신 푸른 바다, 파라솔, 돛단배와 모터보트, 근사한 옷을 입고 일광욕하는 사람들, 아름다운 건물, 고급 의상실과 식당, 경주용 자동차와 오렌지 나무가 늘어선 산책길이 있었습니다. 스노크메이든은 잡지에서 읽었던 멋진 광경을 드디어 두 눈으로 직접 보았습니다!

"어머, 무민. 여긴 영화에서 나온 거랑 똑같아!"

스노크메이든이 소리쳤습니다.

바닷가를 거닐던 무민 가족은 외관이 수려한 건물 한 채와 벽에 있는 '어서 오십시오'라는 점잖은 간판을 주의 깊게 살폈습니다.

04

"우리를 기다렸나 보네. 친절도 하지."

무민마마는 고급 호텔에 왔다는 사실을 짐작조차 못했습니다.

"봉주르 에 비엥브뉘."

호텔 로비에서 옷을 근사하게 입은 신사가 무민 가족을 맞았습니다.

"안녕하십니까, 어서 오십시오. 객실을 드릴까요?"

“우리는 드 무민 가족이고 가문과 이름이 같은 골짜기, 즉 무민 골짜기에서 왔습니다.”

무민파파는 이 신사에게 인상적으로 보이려고 귀족 이름으로 자기소개를 했습니다. 신사는 무민 가족이 묵을 방으로 안내했습니다. 최고급 특실이었습니다!

“객실이 무민 가족 여러분의 마음에 들었으면 합니다.”

사실은 호텔 직원인 신사가 말했습니다.

“정말 좋은 방이에요!”

스노크메이든이 소리쳤습니다.

“이런 게 사는 거지!”

무민파파도 말했습니다. 그러나 무민마마는 객실이 엄청나게, 너무 크다고 생각했습니다. 무민과 미이가 기둥이 네 개 달린 집채만 한 침대에서 뛸 만큼 뛰고 나자, 무민마마는 꼭 필요한 가구들을 침대 위에 올려놓기로 했습니다. 그러면 객실이 집처럼 편안해질 것 같았습니다.

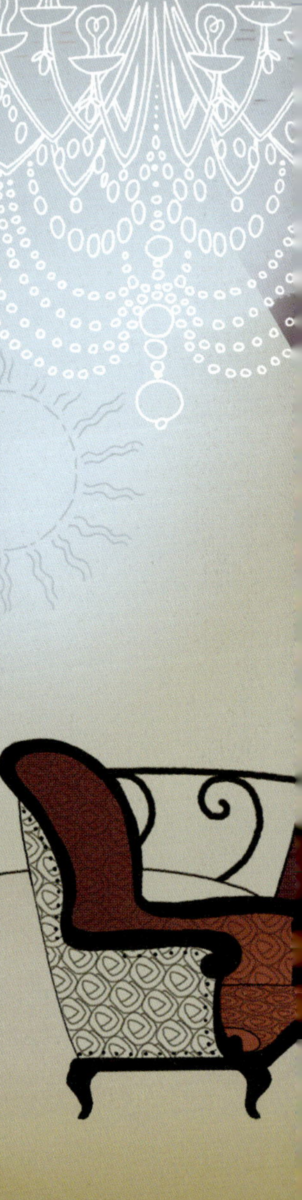

"여기엔 커다란 수영장이 있어. 그리고 영화배우들로 가득해! 저기 오드리 글라무르도 있어!"
스노크메이든은 창밖을 바라보고는 번개처럼 객실을 빠져나갔습니다.
무민마마는 한숨을 내쉬었습니다.

"저기요…… 절세미인 오드리 글라무르 씨 맞죠? 저는 스노크메이든이라고 해요. 저는 늘 당신을 동경……."
스노크메이든이 인사하려고 손을 내밀며 말했습니다. 하지만 오드리는 스노크메이든을 호텔 직원으로 여겨, 스노크메이든이 내민 손에 봉사료로 동전 한 닢을 떨어뜨렸습니다. 리비에라에서는 그렇게 하니까요. 어쨌거나 스노크메이든은 행복했습니다.
"오드리 글라무르 씨가 나한테 선물을 주셨네!"
스노크메이든은 기념으로 평생 간직하려고 동전을 목에 걸었습니다.
호텔의 다른 손님들은 새로 온 무민 가족에게 눈길이 갔습니다. 무민 가족이 조금 별나 보였기 때문입니다.

무민 가족은 친절한 신사인 드 몽가가 후작에게도 깊은 첫인상을 남겼습니다.

후작과 지인들은 바깥 테라스에서 무민 가족과 서로 인사를 나누었습니다.

후작의 영국 친구인 클라크 트레스코는 스노크메이든을 보자마자 반해 버렸습니다.

무민도 그 사실을 알아차렸지만, 조금도 즐겁지 않았습니다.

"아름다운 아가씨, 제가 수영장에 초대해도 될까요?"

"미안하지만 안 될 것 같아요. 수영복이 없어서……."

클라크가 묻자, 스노크메이든이 실망에 차서 대답했습니다.

"그런 수영복을 사려면 동전 백오십 개가 필요합니다."

스노크메이든이 바닷가 산책길에 있는 고급 의상실에서 하나밖에 없는 작은 동전을 보여 주자, 점원은 콧방귀를 뀌었습니다.

스노크메이든은 유행하는 수영복을 사고 싶었습니다. 그러나 가진 돈이라고는 오드리에게 받은 동전 한 닢뿐이어서 수영복은 꿈속에서나 사야 할 것 같았습니다.

"카지노에서 고객님의 운을 시험해 보시지요."

점원이 말했습니다.

스노크메이든은 점원이 무슨 말을 하는지 이해가 가지 않았지만, 수영복을 살 꿈에 부풀어 카지노를 향해 천천히 발걸음을 옮겼습니다.

IMPAIR
Odd
19 20 21
16 17 18
13 14 15
10 11 12
7 8 9
4 5 6
1 2 3

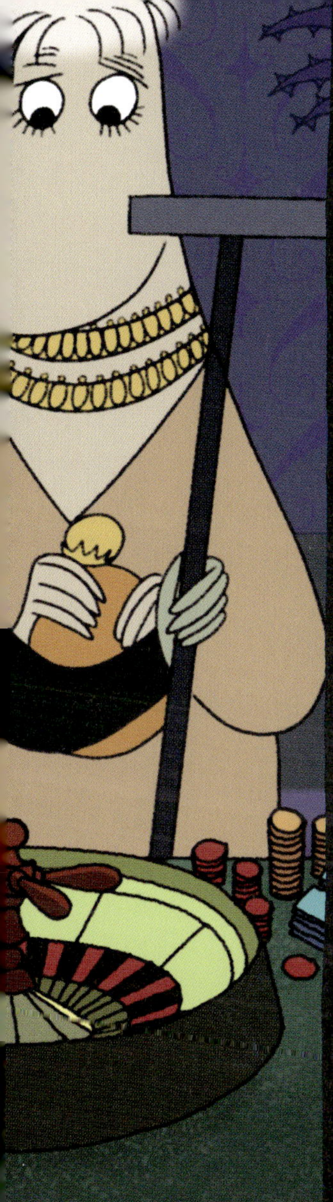

어쨌든 스노크메이든에게는 믿을 수 없을 만큼 운이 따랐습니다. 얼마 지나지 않아 스노크메이든은 세상에 있을 거라고 상상했던 것보다 더 큰돈을 들고 서둘러 카지노를 나섰습니다!

스노크메이든이 우아한 의상실인 '모드 아 라 모드'로 돌아가자, 처음 갔을 때는 거만하게 굴었던 점원이 눈을 빛냈습니다. 스노크메이든은 수영복뿐만 아니라 드레스도 두 벌 샀습니다. 둘 다 예쁘지만, 그중 하나는 더 예뻤답니다. 바닷가에서 입을 옷도, 화장품도, 장신구와 향수도 샀습니다. 스노크메이든이 여러 옷을 입어 보며 행복한 듯 마네킹처럼 으쓱거리며 걷자, 점원은 그 뒤를 졸졸 따라다니며 입에 발린 말을 아끼지 않았습니다.

마침내 스노크메이든은 옷가방을 더는 들 수 없을 만큼 잔뜩 들고 의상실을 나섰습니다.

바닷가에서 수영복을 입은 스노크메이든을 보자 무민은 질겁했습니다.

"그런 걸 어떻게 입고 다녀!"

"왜 못 입는데?"

스노크메이든이 물었습니다.

"왜냐면…… 옷을 안 입은 것처럼 보이니까 그렇지!"

스노크메이든은 무민의 말에 아랑곳하지 않았습니다. 대신 수영을 하러 갔습니다. 스노크메이든은 물에 들어가 있는 클라크와 가까워질 기회가 왔다고 생각했습니다. 이제 스노크메이든은 수영복을 입고 있었으니까요!

"그럼 넌 어떻게 할 생각이야?"

샘이 잔뜩 나서는 스노크메이든을 눈으로 좇으며 서 있는 무민에게 미이가 말했습니다.

클라크는 저녁에 멋진 연회를 열어 무민 가족과 지역의 명사를 모두 초대했습니다.
손님들은 식탁 가득 차려진 산해진미를 맛보고, 샴페인과 칵테일을 마시며
남 이야기를 하며 떠들고, 빛나는 샹들리에 아래에서 춤추었습니다.
무민파파는 연회에 흠뻑 빠져들었습니다. 후작은 무민파파가 겪었던 흥미진진한
모험 이야기를 넋이 나간 채 들었습니다.
"드 무민 여사님은 정말 보기 드문 남편을 두셨습니다."
"네, 이이는 정말 보기 드문 양반이랍니다."
후작의 말에 무민마마가 대답했습니다. 무민만 빼고 모두 재미있는 시간을
보내는 것 같았습니다. 무민은 풀이 죽어 한쪽 구석에 서서는,
클라크가 능글맞게 굴며 스노크메이든의 환심을 사는 모습을 지켜보았습니다.

무민마마는 걱정스러워졌습니다. 리비에라의 상류사회는 무민 가족에게 좋을 것
이 전혀 없다는 생각이 들었습니다.
"우리는 이곳과 맞지 않아요. 모든 게 아주 낯설게 느껴져요. 집에 가고 싶어요."
무민마마가 무민파파에게 말했습니다.
"하지만 나는 절친한 후작 양반과 무척 재미있게 지내고 있어요."
무민파파가 대답했습니다.
"그렇다면 좋을 대로 해요, 여보. 하지만 어쨌든 나하고 무민은 호텔에서 나와서
우리가 타고 온 낡은 배에서 지내겠어요."
무민마마가 말했습니다.

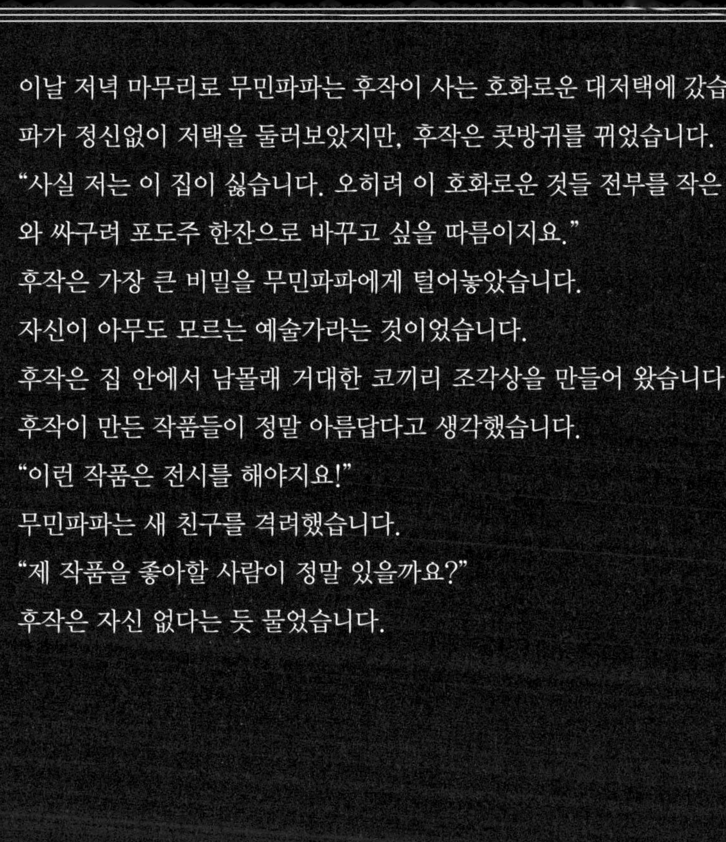

이날 저녁 마무리로 무민파파는 후작이 사는 호화로운 대저택에 갔습니다. 무민파파가 정신없이 저택을 둘러보았지만, 후작은 콧방귀를 뀌었습니다.

"사실 저는 이 집이 싫습니다. 오히려 이 호화로운 것들 전부를 작은 오두막 한 채와 싸구려 포도주 한잔으로 바꾸고 싶을 따름이지요."

후작은 가장 큰 비밀을 무민파파에게 털어놓았습니다.

자신이 아무도 모르는 예술가라는 것이었습니다.

후작은 집 안에서 남몰래 거대한 코끼리 조각상을 만들어 왔습니다. 무민파파는 후작이 만든 작품들이 정말 아름답다고 생각했습니다.

"이런 작품은 전시를 해야지요!"

무민파파는 새 친구를 격려했습니다.

"제 작품을 좋아할 사람이 정말 있을까요?"

후작은 자신 없다는 듯 물었습니다.

후작과 무민파파를 등에 태운 거대한 코끼리 조각상이
금세 문밖으로 나갔습니다! 코끼리 조각상은 계단을 타고 빠르게
내려가서는 거리를 따라 계속 앞으로 나아갔습니다.
주지사 조각상과 부딪힐 때까지요.
무민파파와 후작은 주지사 조각상을 받침대에서 밀어내어 개천에 내던졌습니다.
둘은 주지사 조각상이 있던 자리에 코끼리 조각상을 올려놓고 흡족해했습니다.
"완벽하군요! 이 일을 축하해야겠습니다!"
무민마마는 무민 골짜기 정원이 몹시도 그리웠습니다.
그런데 기쁘게도 바닷가에서 돌로 정원을 꾸밀 자리를 발견했습니다!
무민마마는 그곳에 부지런히 화단을 만들고 식물을 심었습니다.

"엄마는 아빠와 후작 아저씨가 돌아올 것 같아요?"
무민이 슬프게 물었습니다.
"애야, 우린 그저 기다려 보는 거란다."
무민마마는 깊은 생각에 잠긴 채 대답했습니다.
그때 스노크메이든과 클라크는 바닷가 생활을 만끽하고 있었습니다. 클라크는 모터보트를 몰고, 스노크메이든은 수상스키를 탔습니다. 스노크메이든은 기분이 정말 좋았습니다. 배를 지붕 삼아 살려고 이렇게 멋진 삶을 포기한다는 것은 상상할 수도 없었습니다!

저녁 연회가 끝난 뒤 후작은 예술에 전념하고 싶어졌습니다. 후작은 아침이 밝자마자 집에서 나와 무민 가족이 낡은 배를 지붕 삼아 지내는 곳으로 가서 살기로 했습니다. 후작은 진정한 예술가의 삶은 가난하고 소박해야 한다고 생각했고, 그 생각대로 바닷가에서 코끼리 조각상을 만들며 살기로 마음먹은 것입니다.

"말도 못하게 낭만적이로군요!"

후작이 소리쳤습니다.

무민마마는 조금 놀랐지만, 배에 찾아온 후작을 친절하게 맞아 주었습니다.

후작은 새로운 코끼리 조각상을 만들며, 무민에게도 조각상을 만드는 법을 가르쳐 주었습니다. 경쟁자에게 결투를 신청했던 선조 페르디낭 이야기도 들려주었습니다.

무민은 서글펐습니다. 돌덩어리가 스노크메이든처럼 보일 때까지 무민은 조각을 계속했습니다.

"그럼 그때 그분이 이겼어요? 아저씨 조상님이 결투에서 이긴 건가요?"

무민이 후작에게 물었습니다.

"그분의 승리는 분명하다네. 그렇지 않았다면 내가 존재할 리 없지!"

후작은 며칠 밤낮을 바닷가에서 머무르며 코끼리 조각상을 많이 만들었습니다. 그렇지만 가난한 예술가의 삶은 후작이 상상했던 것과는 달랐습니다. 그런 삶은 낭만적이지만은 않았습니다. 밤마다 내리는 비가 낡은 배 안으로 새어 들어와 피곤하고 추웠습니다. 먹을 것과 커피도 동이 나서 배고팠습니다. 게다가 값싼 포도주는 맛이 형편없었습니다!

후작은 무민 가족이 별난 부자 귀족이 아니며, 고급 만찬을 먹고 호화로운 호텔의 최고급 객실에서 묵을 형편도 아니라는 사실을 깨달았습니다. 어쨌든 후작은 예술가의 삶이 자신과는 맞지 않는다고 생각했습니다. 후작이 저택으로 돌아갈 때가 된 것입니다.

후작은 코끼리 조각상들을 무민 가족에게 주기로 했습니다.

"저는 예술을 위한 고생을 이미 충분히 한 것 같습니다. 제 작품을 전부 드리겠습니다. 작별 선물로요."

무민마마는 선물이 과분하다고 생각했습니다.

"드 무민 여사님, 과분할 것 없습니다. 여사님이 저에게 주신 게 아주 많습니다."

후작이 집으로 돌아가기 전에 무민마마에게 말했습니다.

"여사님, 여사님도 예술 작품을 만드셨다는 사실을 아십니까? 조금 소박합니다만, 저것도 어쨌든 예술 작품입니다."

무민마마는 후작이 하는 말이 무슨 뜻인지 알 수 없었습니다. 무민마마가 꾸민 정원이 예술 작품이라는 것일까요? 무민마마가 정성스럽게 보살피고 가꾼 식물들이 꽃을 활짝 피워, 정원은 꽤 괜찮아 보였습니다.

저녁에 무민은 클라크와 스노크메이든이 바닷가를 산책하는 광경을 보았습니다. 클라크가 스노크메이든의 눈에 들어간 모래알을 빼 주려고 스노크메이든에게 몸을 숙이자, 무민은 더는 참지 못했습니다. 무민은 클라크에게 달려가 결투를 신청했습니다. 스노크메이든이 흥분해서는 미이와 무민마마에게 소리쳤습니다.

"무민이 클라크에게 결투를 신청했어요. 저를 위해서요! 정말 낭만적이지 않아요?"

"난 잘 모르겠는데……."

무민마마가 망설이며 말했습니다.

"그거 되게 낭만적이기까지 하네!"

미이는 무민을 놀려 댔습니다.

이른 아침에 호텔 정원에서 두 결투 상대가 만났습니다. 무민은 밤새 한숨도 못 잤습니다. 클라크는 겁에 질린 무민을 심하게 놀려 대며 칼을 휘둘렀습니다. 가엾은 무민은 칼을 쥘 수가 없었습니다. 무민의 손에서 칼이 떨어졌습니다.

"하하하, 무서워서 온몸이 덜덜 떨리는걸."

클라크가 비웃었습니다.

"이제 그만하면 됐어. 내 칼을 받아라!"

무민은 고함치며 칼끝을 잡았습니다. 그리고 손잡이로 클라크의 머리를 내려쳤습니다!

천만다행으로 클라크는 다치지 않았지만, 정원에서 소란스러운 소리가 들리자 호텔 손님들이 모두 잠에서 깼습니다. 호기심으로 와글거리는 소리, 당황한 기색으로 속삭이는 소리, 갑자기 외치는 소리가 들려왔습니다. 드 무민 가족이 소동을 일으킨 것입니다!

"저희는 여러분의 기이한 행동 때문에 호텔의 명성이 훼손되는 게 걱정스럽습니다. 따라서 호텔 경영진은 여러분의 즉각적인 퇴실을 결정했습니다. 계산서에 따르면……."

호텔 사장은 무민파파에게 끝이 보이지 않을 만큼 긴 계산서를 내밀었습니다.

"계산서? 저 사람들이 우릴 초대한 줄 알았는데! 세상에, 이 돈을 어떻게 다 낸담?!"

무민마마가 소리쳤습니다.

"제가 방법을 알아요! 우린 돈이 있어요! 카지노에서 딴 돈으로 수영복과 연회에 입을 드레스와 바닷가에서 입을 옷 등등을 사고도 수백 만 프랑이 남았어요……. 그런데 그 돈을 어디에 숨겼더라?"

스노크메이든이 소리쳤습니다. 스노크메이든은 바닷가 돌 아래 돈을 숨겨놓은 게 떠올랐습니다. 하지만 어떤 돌이었을까요? 스노크메이든은 그게 기억나지 않았습니다.

무민 가족 모두 바닷가로 가서 돌들을 다 뒤집어 보았습니다. 뒤집고 또 뒤집어도 끝나지 않을 것 같았습니다. 돈을 찾지 못할 것 같다는 느낌이 들기 시작했습니다……

다행히도 결국 돈을 찾았습니다. 무민 가족은 계산서에 적힌 돈을 다 냈습니다. 스노크메이든은 호텔 직원들에게 봉사료로 오십만 프랑을 남겨 주었습니다. 호텔 직원과 손님 모두 이 예사롭지 않은 드 무민 가족을 존경하는 눈빛으로 바라보았습니다.

무민 가족은 곧 무민 골짜기에 있는 집으로 돌아가는 긴 여행을 떠납니다. 아침 일찍 무민 가족은 무민마마의 정원에 있던 이국적인 식물들을 배에 싣고 짐을 꾸렸습니다. 스노크메이든은 무민이 만들어 준 조각상도 챙겼습니다.

하지만 후작의 코끼리 조각상들은 너무 컸습니다. 배에는 자리가 없었습니다. 그때 무민파파에게 좋은 생각이 떠올랐습니다. 시장에게 조각상들을 기증하는 것이었습니다!

시장은 무민파파가 가져온 코끼리 조각상들이 주지사 조각상 대신 놓였던 것과 비슷하다는 사실을 알아차리고 크게 화를 냈습니다.
"주지사님 조각상을 개천에 던진 게 당신이군! 경비원, 이자를 즉시 체포해!"
"무민 아주머니, 빨리요. 선창에 묶어 놨던 줄을 풀어요!"
미이가 소리쳤습니다.
"돛을 올려요!"
무민파파와 미이는 뒤쫓아 오던 경비원들에게 잡히기 직전에 부두를 떠나는 배에 올라탔습니다.

여러 날이 지난 무민 골짜기에서 스너프킨이 바다를 바라보고 있었습니다.
짙은 안개 속에서 무엇인가가 다가오는 것이 보였습니다.
'이상한데……. 저 멀리 안개 한가운데에서
열대 식물과 똑같이 생긴 게 보여.'
세상에서 무민마마만이 바다에 숲을 만들 생각을 할 것입니다.
무민 가족이 집으로 돌아오고 있었습니다!
스너프킨은 안개를 헤치며 다가오는 배를 마중하러 나갔습니다.

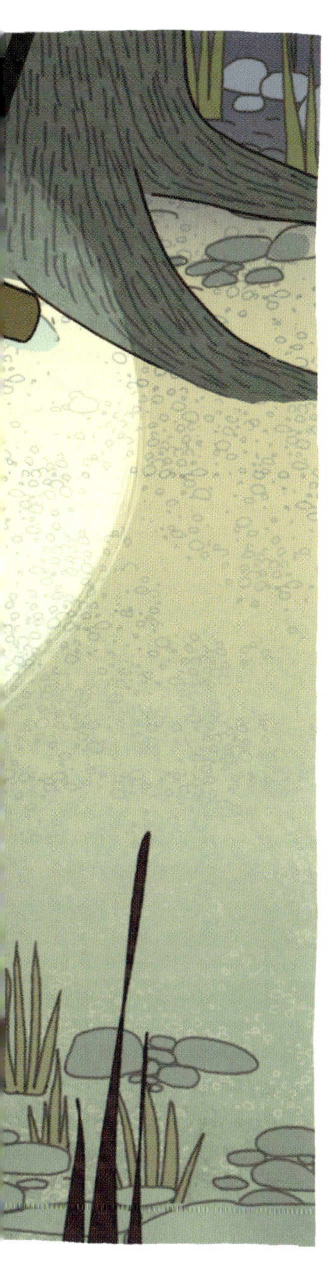

"아, 내가 늘 말하던 대로야. 난 그저 조용하고 평온하게 살고 싶어. 감자를 키우고, 꿈을 꾸면서!"

무민파파는 해먹으로 올라갔습니다. 무민마마는 장미를 돌보려고 서둘러 정원으로 갔습니다.

"우리 언제 낚시하러 갈까?"

"동틀 녘쯤 어때?"

무민이 스너프킨에게 묻자, 스너프킨은 만족스러운 듯 대답했습니다.

"아, 다시 집에 오니 정말 좋네⋯⋯. 사랑하는 무민과 함께 말이야!"

스노크메이든은 한숨을 쉬었습니다. 무민은 스노크메이든에게 다정한 눈길을 건넸습니다.

무민 가족은 여느 때처럼 무민 골짜기의 삶으로 돌아왔습니다.